Valkoinen Kummeli

Olipa kerran pieni tyttö jonka nimi oli Heini. Hän asui pienessä talossa järvenrannalla, niemessä, kaukana kauppalan keskustasta.

Eeva Hämäläinen

Valkoinen Kummeli

kertomuksia Rusinniemestä

© 2016 Eeva Hämäläinen
Kustantaja: BoD – Books on Demand, Helsinki,
Suomi
Valmistaja: BoD – Books on Demand,
Norderstedt, Saksa
IBSN-9789523393257

Kuningasrotta

Heini oli juuri herännyt. Pienen talon ikkunasta näkyi elokuun loppu. Haukottelun ja venyttelyn puolivälissä äiti ilmestyi ovelle:

— Veisitkö kiltti roskat?

Ei kannattanut viivytellä jos äiti jotain pyysi. Apu oli silloin yleensä myös tarpeen. Heini veti shortsit ja paidan ylleen tuolilta ja meni keittiöön.

Heti ovelta hohkasi vastaan jo aikaisin sytytetyn hellan lämpö. Raollaan olevasta ikkunasta kuuli kuinka rastaat mekastivat aamuisella pihalla. Missähän Söpö-kissa oli, kun ei ollut tapansa uuninkyljessä?

Äiti pilkkoi keittolihoja pöydän ääressä. Hän pyyhki välillä veitsikätensä selkämyksellä hikeä ja hiussuortuvia otsalta, jotka pyrkivät karkaamaan huivin alta. Sitten äiti selitti jotain luista, jotka pitäisi viedä tunkiolle haisemasta.

Tyttö kumartui ottamaan alakaapista sangon. Päällimmäisenä sangossa oli munankuoria, kahvinporoja sekä pari isoa luuta. Enää aikoihin ei Heini ollut koettanut heilutella sankoa kuin kauppakassia: oli vaikea saada kahvinporoja lähtemään räsymatosta.

Eteisen hämärässä täytyi varoa portaita, koska järvenselän takaa nouseva aurinko ei paistanut sinne kunnolla päivisinkään.

Tyttö vei sangon tien yli ja kumosi tunkioon.

Silloin tapahtui jotain. Keskeltä tunkiota, siitä kohtaa mihin tyttö jätteet oli kumonnut, kömpi esiin joku. Se joku kiipesi tunkion päälle. Sitten se joku pudisteli roskia yltään niin, että kahvinporoja tupsahteli tytön shortseille. Sehän oli se, Tunkion Iso Rotta. Nyt otus tuijotti tyttöä pistävästi mustilla nuppineulanpääsilmillään.

— Kukas se sinä oikein olet? Heini sai kysyttyä.

— Etkös muka tiedä? rotta tuhahti.— Olemme Kuningasrotta. Puhuessaan rotta viuhtoi pitkällä siimahännällään puolelta toiselle. Silloin tyttö-huomasi: Tunkion Isolla Rotalla oli päässään limsapullon kruunukorkki nurinpäin. Se oli kuninkaan vallan merkki.

— Me muutamme syksyllä taloon, rotta sanoi ja alkoi naksutella hampaitaan.

— Mutta, mutta, äiti ei pitäisi siitä. Tyttö huomasi vaikeaksi puhua: rotan nuppineulasil-mien katse oli todella hypnoottinen.

— Me olemme Hän, joka auringon noustua ison järvenselän takaa lähdemme tarkistamaan kymmentuhatpäisen rottapopulaatiomme tilaa, rotta sanoi ja viuhtoi hännällään kohti metsik-köä joka erotti niemen kauppalasta.

— Sinun valtakuntasi? sai tyttö kysyttyä.

— Me olemme Hän, joka jakaa ansiomitalit rotille, joiden on onnistunut päästä taloihin asumaan. Pitäisikö Hänen itsensä asua vuodesta toiseen ahtaassa tunkiossa? Kuningasrotta kysyi viiksikarvojaan nostellen.

Heinin olisi nyt keksittävä jotain. Kahdesti tai kolmasti loppukesästä oli joku rotta yrittänyt heille sisään, röyhkeästi, noin vain avoimesta ovesta. Olikohan se ollut Kuningasrotta? Sitä ei sopinut kysyä, sillä ei ollut kuninkaan arvon mukaista tulla hätistetyksi luudalla pihalle.

— Minustakin olisi mukavaa jos saisitte arvoisenne asunnon. Mutta suostuisitteko olemaan muuttamatta niin kauan, kuin me asumme taloa? Äiti kun ei kerta kaikkiaan pidä teidän heimostanne.

— Mitä? Julkeatteko vastustaa? Voisimme määrätä armeijamme hyökkäämään talvivarastojenne kimppuun, Kuningasrotta sanoi ja viuhtoi hännällään niin, että munankuoria tipahteli polulle.

— Vastapalvelukseksi voisin kertoa teille loukkaista joita isä asettelee. Voisin myös varoittaa houkuttelevantuoksuisista myrkkysyöteistä talon ympärillä, jos kertoisin Teidän Korkeudellenne aina niistä? Heini koetti nopeasti lepytellä.

Rotta käänsi katseensa tytöstä ja tallusteli tunkion reunalaudalle istumaan. Se korjasi hännällään vinoon mennyttä korkkikruunuaan. Äkkiä rotan nuppineulasilmien katse kävi entistä pistävämmäksi ja se sanoi:

— Tiedätkö miksi katolla ei enää ole varjoa, miksi kellarissa nukutaan päivällä ja miksi Valkoinen Kummeli ei enää puhu?

— Minä en ymmärrä, sanoi Heini.

— Nooh, jos sitten. Näytät aina loukkaat ja syötit, niin Me emme muuta taloon niin kauan kuin te asutte sitä. Onhan Meillä sentään velvol-

lisuuksia alamaisiamme kohtaan. Kuin päätök-
sensä kunniaksi naksautti Kuningasrotta ham-
paansa yhteen kerran kuuluvasti.

— Teidän Korkeutenne, olen päätöksestänne
iloinen. Puhuessaan tyttö kumarsi kevyesti ja
kun hän kohotti katseensa, oli Kuningasrotta
poissa.

Vain tunkion takaa alkavan polun suulla hei-
luivat maitohorsmien varret hiljaa. Sitä kautta
oli Kuningasrotta kadonnut metsänsä salaisille
poluille.

Tyttö kääntyi tunkiolta ja kulki tien yli, sanko
laajassa kaaressa heiluen. Illalla omassa sängys-
sään, kun Vanhan Päärynäpuun oksat rapisteli-
vat tutusti ikkunaan ja taivaalle salmen toisella
puolella olevan tehtaan korkean piipun ja tähti-
en väliin ilmaantui täysikuu, tyttö muisti rotta-
kuninkaan sanat.

Eihän katolla mitään varjoa ole ja kuka nyt
kellarissa viitsisi nukkua, varsinkaan päivällä ja

vasta vähän aikaa sitten hän oli käynyt niemen-

kärjessä puhumassa Valkoisen Kummelin kans-

sa, Heini mietti. Tyttö ei tosiaan ymmärtänyt

mitä Kuningasrotta oli tarkoittanut. Sitä ajatel-

lessaan hän nukahti.

Ammutun Kissan Varjo

Seuraavana päivänä Heini oli menossa takapihalle leikkimään. Silloin kuului jostain omituinen ääni. Niin kova, että nukke oli pudota tytön kädestä.

Hämmästyneenä tyttö kääntyili puolelta toiselle, mutta ei nähnyt mitään mikä olisi voinut pitää sellaista ääntä.

Sitten äkkiä, talon hiukan kallellaan olevan savupiipun vierellä liikahti jokin. Heini katsoi oikein tarkkaan ja näki kuin näkikin mitä siellä oli: varjo.

— Kukas sinä olet ja miksi säikytit minut? Heini kysyi tuimasti katolle tuijottaen.

— Minä olen vain Ammutun Kissan Varjo, se jokin selitti ja naukaisi sitten taas kumeasti. Enää Heini ei säikähtänyt: ääni oli omituinen, mutta silti pelkkä kissan naukaisu. Ja

totinen tosi! Heini huomasi äkkiä: paikoitellen

varjon läpi näkyi sinitaivasta pienen pieninä

pisteinä, ihan kuin sitä tosiaan olisi ammuttu

haulikolla.

— Miksi sinua on ammuttu? Heini kummaste-

li.

— Pyydystin heinäsorsan ja söin sen luineen

päivineen, varjo sanoi.

— Suuttuivatko metsästäjät sinuun, kun veit

niitten sorsan?

— Ei. Tulin vain sen syömisestä niin kipeäksi,

enkä olisi siitä enää parantunut. Siksi minut

ammuttiin.

Ja kun katsoi oikein tarkkaan, saattoi erottaa

varjon suussa roikkumassa paljon haaleamman

varjon. Sillä haaleammalla oli pitkä kaula, jonka

varassa sen pää heilui holtittomannäköisenä

puolelta toiselle Ammutun Kissan Varjon kävel-

lessä edestakaisin katonharjalla. Haaleampi

varjo oli se, Syödyn Sorsan Varjo.

— Se on kyllä surullista, Heini sanoi. — Kuinka olet meidän katollemme joutunut?

— Tuuli minut tänne kuljetti. Niin kauan kuin joku on muistanut naukaisuni sävyn ja tassujeni pehmeän astunnan tavan, olen voinut täällä viipyä.

— Sinun ei olisi pitänyt syödä sorsaa, ei ainakaan luita, Heini sanoi.

— Se on jo vanha juttu, mutta minulla on uusi pulma, varjo naukaisi vähän säälittävästi.

— Mitä sitten?

— Minua ei kauaa enää muisteta ja pelkään, että tuuli pian vie minut mukanaan suurelle järvenselälle, varjo naukaisi entistä säälittä-vämpänä. Kiepautti häntäänsä sitten kissamaisesti ja antoi sen lopuksi jäykistyä pystyyn, kuin huutomerkiksi. Heiniä moinen nauratti. Sitten tytölle tuli mieleen että koettikohan varjo huvittaa häntä siksi, että se paremmin muistettaisiin.

— Kyllä minä sinut aina muistan. Lisäksi voit asua savupiipussamme niin kauan kuin haluat, niin et joudu tuulten vietäväksi, Heini sanoi.

Tästä Ammutun Kissan Varjo ilahtui kovin. Se ei muutaman savupiipussa nukutun yön jälkeen näyttänyt enää edes kovin reikäiseltä, piipun noki ja tuhka paikkasivat hyvin varjossa olevia haulienreikiä.

Mutta kauaa ei varjo katolla viipynyt. Se alkoi syksyä kohti nopeasti haaltua ja pian siitä ei ollut jäljellä kuin pelkkä naukaisu. Joka sekin aikaa myöten hävisi kuulumattomiin.

Vasta myöhemmin Heini muisti, että Kuningasrotta oli tiennyt että varjo katolta haaltuisi ja häipyisi.

Hillopurkkikummitus

Lauantaina äiti pyysi Heiniä noutamaan kellarista yhden purkin vattuhilloa. Pannukakkua ja vattuhilloa, Heini ajatteli pomppiessaan pihan poikki kohti kellaria.

Söpö-kissa tuli polulla vastaan häntä pystyssä. Tyttö kumartui silittämään sitä ja nuori kissa puski hänen kättään.

Sitten tytölle tuli mieleen maakellarin asukas, Hillopurkkikummitus. Se oli isokokoinen ja kummitukseksi melko kiinteän oloinen. Ei Heini sitä tietysti pelännyt, mutta joskus se osasi olla hyvin hankala. Oli itse asiassa tytön ansiota, että se ylipäätään asui heillä.

Edellisenä vuonna, eräänä märkänä syyspäivänä, se oli tullut ja kysynyt Heiniltä arasti yösijaa. Kummitus oli värjötellyt niin säälittävännäköisenä talon nurkalla, että Heini oli luvannut.

Pysyvästi se oli saanut jäädä, kun oli alkanut karkkomaan kellariin yrittäviä rottia ja myyriä sekä luvannut huolehtia siitä että kellarin ovi pysyisi kiinni.

Sitten Heini keksi: kun kummitus taas tuijottaisi häntä syyttävän- ja epävarmannäköisenä, kuten sillä oli tapana jos se epäili että joku aikoi viedä kellarista hilloja, hän sanoisi sille: montako vattua sinä koskaan olet poiminut! Jos se vielä senkin jälkeen mulkoilisi, hän kysyisi: oliko se ollut mukana keittämässä hilloja? Ja jos se vielä senkin jälkeen vilkuilisi hillopurkkeja omistavannäköisesti, varsinkin vattuhilloja jotka olivat sen herkkua, hän sanoisi: kuka kaikki purkit oikein oli kellariin kantanut, hän ja äiti. Se riittäisi ja kummitus vetäytyisi nurkkaan nyyhkyttämään, ilman että sitä tarvitsisi alkaa enempiä uhkailemaan.

Kun Heini sitten avasi kellarin puuoven, hän huomasi heti että kaikki ei ollut kuten tavallisesti. Hillopurkkikummitus nukkui perunalaarissa, vaikka oli vasta iltapäivä. Se oli vetänyt juuttikangassäkin peitokseen ja tyynynään sillä oli iso nauris.

Kummitus valitti unissaan hiljaa, röyhtäili ja nyyhkytti. Se ei tyttöä kummastuttanut, koska senhän oli jo eläessään täytynyt olla melkoisen herkkä luonne ja kärsiä paljon vääryyksiä, kaikenlaisia. Miksi se muuten olisi kummitukseksi edes alkanut? Röyhtäily taas selittyi jatkuvalla hillojen ahmimisella, varsinkin vattuhillon.

Tyttö kävi hakemassa hillopurkin hyllyköstä. Katseli sitten vielä hetken päivänokosiaan vetelevää kummitusta. Ajatteli, pitäisiköhän hänen herättää se ja kertoa, että veisi yhden tämänvuotisista hilloista?

Silloin kummitus naurahti unissaan ja käänsi kylkeään. Heini hiipi ovelle ja painoi sen hiljaa perässään kiinni. Matkalla sisälle Heini säikähti niin, että oli pudottaa hillopurkin. Tämänkin oli

rottakuningas tiennyt. Kellarissa nukuttiin päi-
vällä. Mutta varmasti, varmasti Heini ei lähtisi
käymään niemen äärimmäisessä kärjessä.

Ei tyttö niin välittänyt kaikenmaailman varjois-
ta jotka ilmestyivät ja sitten haaltuivat. Kyllä
hän kaikkia ymmärsi ja osasi suhtautua, niemi
oli aina ollut tytölle kaikenlaista vanhemmille
näkymätöntä pullollaan. Hillopurkkikummitus
sai hänen puolestaan nukkua vaikka aina kun
hän kävisi kellarissa. Jos kuitenkin Valkoinen
Kummeli ei enää puhuisi, se pelottaisi jo Heiniä-
kin.

Heini päätti, että hän ei yksinkertaisesti kävisi
pitkään aikaan niemenkärjessä ja niin rotta-
kuninkaan omituiset puheet unohtuisivat.

Polku nro: 13

Koska Heini oli päättänyt olla käymättä niemen-
kärjessä, hänen täytyi keksiä muuta huvia.
Eräänä päivänä Heini kuljeskeli Niementiellä.
Hän oli koko päivän laskenut niemen polkuja.
Tyttö oli saanut jo laskettua kaikki polut. Paitsi
ei muurahaistenpolkuja, joita hän ei ottanut
lukuun.

Heini ynnäsi vielä kaikki polut mielessään yh-
teen. Kyllä, niitä oli edelleenkin kaksitoista tai
ainakin saman verran kuin edellisenä kesänä.
Silloin Tyttö huomasi että Niementiestä erkani
hänelle outo polku, kapea ja ruohottunut, tun-
tematon polku.

Heini lähti uteliaana kulkemaan sitä. Se kaar-
toi loivasti metsässä ja kävi koko ajan hämä-
rämmäksi.

— Hei polku, kuka sinä olet? Oletko supikoirien reitti rantaan, kun olet näin kapea ja ruohottunut? Heini huhuili polulle.

Äkkiä tyttö huomasi, että mitä pidemmälle hän kulki, sen hämärämmäksi polku kävi. Edessä oleva polku näytti katoavan pimeyteen, joka oli synkkä kuin yö.

— Mene pois! kuului silloin pimeydestä.

Heini aikoi jo juosta pois. Sanoikin sitten:

— Ai, kuinka niin? Enkö muka saa kulkea missä haluan? Ja minä kun olisin voinut tehdä sinusta polun nro: 13.

— Oi ei, ei minusta ole poluksi edes supikoirille. Minä olin joskus muinoin hyvä ja tarpeellinen polku, polku sanoi. Sitten polku alkoi itkeä.

— Nyt on ainoa tarkoitukseni kasvaa mahdollisimman nopeasti umpeen, niin ettei minua enää ole, polku sanoi nyyhkyttäen.

— Oi älä toki. Miksi olet noin surullinen?

— Minä olen Kaivopolku!

— Kaivopolku, no sehän on hienoa, Heini sanoi.

— Niin, mutta kun minä olen SE Kaivopolku! Kaivopolku parkaisi.

— Ahaa, Heini sanoi. — Mutta eihän se ollut sinun vikasi, että poika putosi vanhaan kaivoon. Kaivonkansihan oli laho.

— Mutta jos minua ei olisi ollut, ei poika olisi löytänyt hylättyä kaivoa. Voi, muistan hänen askelensa vieläkin, niin iloiset ja uteliaat, polku nyyhkytti.

— Minä muistan sen valitettavan tapauksen. Kaivoon ilmestyi samana päivänä uusi kansi. Seuraavalla viikolla tuli sitten kunnan kaivuri ja täytti koko kaivon. Mutta kuule, nyt kun koko kaivoa ei enää ole, sinustahan voi tulla jokin muu polku, Heini ehdotti.

— Haluaisinkin olla muu polku. Haluaisin olla metsäpolku jonka varrella kasvaa mustikoita, joita ihmiset tulevat poimimaan.

— Hyvä! Teen sinusta täten polun nro: 13, eli tuleva Mustikkapolku, Heini sanoi.

Heinillä oli kotia kohti kävellessään niin hyvä mieli siitä, että hän oli onnistunut auttamaan entistä Kaivopolkua. Heini muisti nyt, että sinä keväänä kun poika oli pudonnut kaivoon, vanhemmat olivat puhuneet paljon pois muuttamisesta. Äiti oli sanonut, ettei niemi ollut mikään sopiva asuinpaikka tytölle.

Tänään tyttö olisi halunnut mennä kertomaan Kaivopolusta Valkoiselle Kummelille, isolle vanhalle entiselle reittikummelille, joka oli maailman viisain olento ja hallitsi koko niemeä. Vanhemmat eivät sitä tienneet, mutta kummelille Heini oli aina kertonut salaisimmat murheensa. Heini ei kuitenkaan uskaltanut. Entä jos kummeli ei enää puhuisikaan hänelle?

Ekyptinkaislat

Lehdet niemen puissa alkoivat värjääntyä, päivät tuulla, järvi tuoksua lähestyvältä kylmältä vuodenajalta. Vielä jäljellä olevien lintujen äänet kuulostivat kovilta, teräviltä: Tulee marras!

Tulee marras! Eräänä sellaisena päivänä, kun Heini oli kuljeskellut rannoilla etäällä niemenkärjestä missä kummeli näkyi puiden välistä kuin lumiukkona kesällä ja kastellut jalkansa, hän huomasi hylätyn talon laiturin. Se oli niin rannan kaislojen seassa, ettei näkynyt heidän rantaansa. Heini meni laiturille istumaan. Tyttö otti kengät jalastaan ja toivoi, että syysaurinko ne vielä jaksaisi kuivattaa.

Tuuli kahisutti kaisloja hiljaa. Kaislat olivat pitkiä ja niiden päässä kasvoi paksua sikaria muistuttava kukinto. Kunnankirjaston valokuvakirjassa oli kuvia samannäköisistä kaisloista. Kirjan kaislat kasvoivat Niili-joen rannoilla. Siksi tyttö olikin mielessään nimennyt nämä kaislat Ekyptinkaisloiksi.

Aivan kuin kaislojen kahina, olisi pikku hiljaa muuttunut hiljaiseksi supinaksi. Kun sitä oli jatkunut jo tovin, havahtui tyttö pilvien katselusta. Tajusi, että hänelle siinä supistiin ja suhistiin.

— Shss, onko teillä uusi kissa, shhs? kaislat suhisivat.

— Oho! En heti ymmärtänyt. On, onhan meillä.

— Shss, onko se samanlainen villikissa kuin se, shss musta, joka aina kävi täällä? kaislat suhisivat nyt kuin suuttuneina.

— Ei tietenkään. Ei se ole mikään villikissa, vaikka villi onkin kun on vielä pentu.

— Sen jälkeen kun ihmiset muuttivat täältä, on tehtävänämme ollut olla levähdyspaikkana sorsille ja muille linnuille. Mutta Musta-Hilma pelotti aina kaikki linnut. Se oli niin kunnianhimoinen, sille eivät pikkulinnut riittäneet, sorsa sen piti saada ja mieluiten mahdollisimman iso.

— Tunsitteko te Hilman? Heini hämmästeli.

— Kyllä, joka päivähän se täällä hiiviskeli. Toivottavasti opetatte sen toisen paremmille tavoille. Tai pian sorsat eivät enää pysähdy tänne lepäämään. Sitten me, Ekyptinkaislat, olemme aivan tarpeettomia.

Heiniä alkoi naurattaa, kun hän ajatteli Söpökissaa väijymässä sorsia kaislojen seassa. Sehän vain mieluiten nukkui ikkunalaudalla auringossa ja nuoli itseään. Eikä se piitannut vaikka äiti kuinka koetti usuttaa sitä Tunkion Ison Rotan kimppuun. Söpö, viisas kissa, kiersi tunkion kaukaa.

— Enpä luule että teidän tarvitsee olla huolissanne meidän uudesta kissastamme. Se ei viitsi väijyä ketään. Paitsi joskus minun varpaitani kun makaan sängyssä, Heini sanoi.

— Hyvä on sitten, kaislat suhisivat helpottuneina.

Kenkien vähän kuivuttua Heini lähti. Kaislat jäivät kahahtelemaan hiljaa tuulessa. Välillä kuului jostain kaislikon uumenista sorsan rääkäisy.

Tytöllä oli pitkästä aikaan ikävä siitä, että Varjo Katolta oli haaltunut niin nopeasti ja hävinnyt. Toivottavasti ei kuitenkaan tuulten viemänä isoille selille, toivoi tyttö.

Polku Jota Myöten Söpö Karkaa Kotoa

Eräänä aamuna, vaikka olikin jo syksy, tuli tytölle mieleen että ovatkohan ahomansikat vielä kasvaneet uusia. Sitä voisi ainakin käydä Mansikkapaikalla katsomassa.

Jo kotoa lähtiessä tyttö tunsi mansikan maun suussaan ja päätti oikaista, menemällä pajunvesakon läpi pääsisi oikoiseen. Hetken kuluttua tyttö tuli paikkaan jossa näytti kulkevan, jos nyt ei polku, niin ainakin jonkinlainen väylä. Se johti oikeaan suuntaan.

Käveltyään jonkin aikaa, tytöstä alkoi tuntua omituiselta. Hänen ei tehnyt mieli jutella puille. Ei silittää vierellään kasvavaa heinää. Eikä edes kehua metsäkukkia mättäillään kauniiksi. Jotain omituista tässä nyt oli.

Heini pysähtyi ja kysyi:

— Oletko sinä Tunkion Ison Rotan polku? Se jota myöten Kuningasrotta aina aamuisin lähtee tarkistamaan valtakuntaansa? Onko tämä oiko-polku Mansikkapaikalle?

— Ei ole, kuului silloin vastaus.

— Vai niin. Kuka sinä sitten olet, polku?

— En kukaan. Itse asiassa minua ei vielä ole olemassakaan. Siksi en tunnu sinusta tutulta kuten koko muu niemi. Siksi et halua puhua puille, silittää heinää tai kehua metsäkukkien kauneutta.

— Mitä oikein tarkoitat? Kuinka voin puhua kanssasi, jos sinua kerta ei ole olemassa? Heini kysyi.

— En tiedä, mutta minä tulen olemaan. Tulen olemaan Polku Jota Myöten Söpö Karkaa Kotoa, polku sanoi.

— Karkaako Söpö kotoa? Heini kauhistui.

— Kyllä. Se tulee kulkemaan tästä ja katoa-maan tuolla toisessa niemessä, uimarannan takaa, alkavaa polkua pitkin, ettekä te näe sitä enää. Vaikka, en minä niin tarkkaan tiedä, kun en ole vielä olemassa edes.

— Sellaiseksi, joka ei vielä ole olemassa edes, tunnut tietävän hyvinkin paljon. Enkä usko että Söpö karkaa, sen on hyvä meillä, Heini sanoi.

— Parempi sen voi olla muualla. Ette te ehkä aina tule asumaan täällä niemessä. Silloin Söpö jäisi tänne yksin nälissään kuljeskelemaan, polku sanoi.

— Ei ole! Minä laittaisin Söpölle hihnan ja ulkoiluttaisin sitä joka päivä vaikka asuisimme kauppalassa, Heini sanoi vihaisesti.

— En usko että se pitäisi siitä. Uskotko sinä?

— En usko, Heini sanoi hetken hiljaa olon jälkeen.

— Kaikki on hyvin tyttö. Minusta tulee Polku Jota Myöten Söpö Karkaa Kotoa ja jota myöten sinä tulet sitä etsimään. Kuljet minua niin monesti, että saan siitä alkuni. Sitten muutkin tietävät kulkea minua. Se tulee olemaan sinun ansiotasi tyttö.

— Sehän on hienoa, jos saat alkusi minun kulkemisestani, mutta Söpö minua kovin surettaa, Heini sanoi.

— Ja tiedätkös mitä? Minä joka en vielä ole olemassa edes ja olen siksi lähellä Jumalaa, tiedän asioita joita muut eivät tiedä. Tästä niemestä tulee hyvin pitkän ajan kuluttua puisto. Tänne ei koskaan rakenneta kerrostaloja. Sinä voit aina tulla käymään täällä, Polku Jota Myöten Söpö Karkaa Kotoa sanoi.

— Voi, sehän on hyvä, Heini sai sanottua. Vaikka olikin hyvin surullinen siitä, että heidänkis-kis-karkkipaperikissannäköinen uusi kissansa Söpö tulisi lähtemään kotoa.

Toisaalta, olisi sen ehkä parempikin lähteä, ajatteli Heini kotimatkalla. Ei olisi hauska jäädä yksin ja nälissään harhailemaan niemeen, jos he tosiaan muuttaisivat.

Illalla kun tyttö oli nukahtanut, tassutteli Söpö esiin kamarin nurkasta. Kissa kulki yli lattian ja loikkasi tytön sänkyyn. Söpö käpertyi sängyn jalkopäähän, kehräsi hetken ja nukahti sekin sitten.

Viimeinen Jätkä

Seuraavana päivänä Heini arveli, että vanhemmat saattaisivat tosiaan olla niin tyhmiä että haluaisivat muuttaa niemestä. Heini itse ei tietenkään muuttaisi. Hän voisi hyvin asua vaikka vanhassa Tukkikämpässä, se vain täytyisi ensin kunnostaa asuttavaksi.

Heini lähti iltapäivällä Tukkikämpälle, joka oli niemen toisella puolella.

Kämpän perustuksissa olevan irtolaudan kautta tyttö pääsi mökin alle. Siellä oli pimeää. Mutta pian Heinin onnistui nousta lattiassa olevan luukun kautta sisään.

Mökissä olivat aikanaan nukkuneet tukkijätkät. Myöhemmin se oli toiminut tukkifirman konttorina, jossa kymppi oli kuitannut jätkien tilit ja juonut kahvia. Isä oli sanonut, että kyllä ne siellä viinaakin joivat ja korttia pelasivat.

Heini meni mökin toiseen huoneeseen. Joskus hän oli tuonut tänne korppuja ja keksejä pussissa, jotka joku kylläkin oli vienyt. Joku oli myös kerännyt seinässä olevaan korkeaan komeroon puunpalasia rannalta ja oksia metsästä. Keskellä huonetta oli ruostunut kamiina.

Äkkiä toinen nurkassa olevista hetekoista, joiden jousilla oli kiva pomppuutella itseään, narahti. Heini tuijotti silmät suurina hämärään nurkkaan. Näki sitten, että toisella hetekoista makasi joku.

Ensin Heini aikoi juosta pois. Puristikin sitten kätensä tiukasti nyrkkiin ja kysyi:

— Kuka sinä oikein olet?

— Minä olen vain Viimeinen Jätkä, hahmo sanoi.

— Sinäkö olet syönyt keksit ja korput?

— En, en minä. Hahmo nousi istumaan hetekalla. Niin, että sen ylävartalo jäi vielä hetkeksi

makaamaan ja nousi sitten vasta jalkojen peräs-
sä.

Hiukan Heiniä alkoi moinen käytös pelottaa.

Sitten tyttö muisti.

— Oletko sinä se hyvin onneton mies, joka oli joskus tukkifirmalla töissä? Se joka meni saunaan ja ampui itsensä dynamiitilla keskeltä? Heini kysyi.

— Minä se olen. Mutta ei minua tarvii pelätä, minä vain asun täällä. Annoin hiiriäidin viedä keksit ja korput poikasilleen. Ethän ole vihainen? Viimeinen Jätkä kysyi.

— En tietenkään.

Silloin Heini muisti muutakin.

— Olitko se sinä joka pienempänä ajoi minua unissa takaa? Ainakin sillä oli ihan samanlaiset sarkavaatteet ja sen kasvot olivat ihan räjähdyksen mustaamat, kuten sinun, Heini sanoi.

— Minä se olin. Olin siihen aikaan surullinen ja halusin olla kaikille ilkeä. Siksi kävin ihmisten unissa pelottelemassa. Enää en halua olla ilkeä, olen vain surullinen, hahmo sanoi alakuloisesti.

— Vai niin. Koskaan et saanut minua kiinni. Osasin aina herätä oikeassa kohdassa ja mennä äidin ja isän sänkyyn, Heini sanoi.

— Olen pahoillani, että minusta on ollut harmia, hahmo sanoi entistä alakuloisemmin.

— Voi ei se mitään. Oli vain hauskaa juosta sinua pakoon öisin. Kadutko sinä koskaan että ammuit itsesi dynamiitilla? Heini kysyi.

— Joskus. Oli minulla hyviäkin aikoja. Muistan kuinka olin nuori. Noihin rannan sementtitolppiin sidottiin paksuilla metallivaijereilla tukkilauttoja kiinni, odottamaan milloin ne voitaisiin uittaa kapean salmen läpi tehtaalle. Se oli hauskaa työtä. Oi nuoruus!

— Miksi sinä sitten tulit niin surulliseksi?

— Tukkien uittaminen lopetettiin ja minä menetin työni, olisin myös joutunut muuttamaan niemestä pois, siksi kai, hahmo sanoi.

Sen räjähdyksen mustaamilla kasvoilla oli surullisin ilme minkä Heini koskaan oli kenenkään kasvoilla nähnyt.

— Sehän on surullista. Minä voisin käydä katsomassa sinua täällä, ettet olisi niin surullinen.

— Se voisi olla hyvä, sanoi hahmo, mutta ei muuttunut yhtään iloisemmaksi.

Lähtiessään mökiltä Heini laittoi perustuksissa olevan irtolaudan huolellisesti paikoilleen. Viimeinen Jätkä saattoi olla ihan kiltti, mutta myös hyvin masentavaa seuraa. Ehkä Tukkikämpällä asuminen ei olisikaan niin kovin hyvä ajatus. Illalla täytenä paistava kuu valaisi järvenselkää pitkälti. Ikkunan takana näkyi Vanhan Päärynäpuun tumma siluetti. Oksa rapsahteli tutusti ikkunaan ja pian tyttö nukahti.

Sinä yönä satoi uuden talven ensimmäinen lumi.

Se Kohta Tiestä Joka Ennen Oli Mäki

Oli talvi-ilta. Isä oli tehtaalla ja äiti kutoi räsy-mattoa. Kangaspuut paukahtivat pari kertaa, niin syntyi taas uusi raita mattoon. Kutoessaan äiti usein lauloi. Silloin sai sanoa monesti, eikä äiti kuullut sittenkään.

Olisipa vielä ollut valoisaa. Olisi saattanut teh-dä pihaan lumiukon tai -linnan tai voinut mennä pulkalla. Koittaa kaikkien niemen vielä sortu-mattomien maakellarien päältä, mistä saisi par-haat vauhdit. Heinistä yksinkertaisesti tuntui, ettei ollut mitään tekemistä.

Tyttö istui kamarin pöydän ääressä ja heilutte-li kyllästyneenä jalkojaan. Mutta sitten äkkiä tytölle tuli mieleen, että Niementiessähän oli yksi mäki. Hän muisti sen nyt ihan selvästi. Se oli vieläpä pitkä ja jyrkkä. Lisäksi sen mäen pääl-lä oli koko Niementien ainoa Katulyhtypylväs.

Lumihiutaleet leijailivat hitaasti ylhäältä sinisenmustalta taivaalta valon piiriin ja laskeutuivat sitten pehmeästi maahan. Oli hyvin hiljaista. Heini seisoi pulkkansa kanssa mäen päällä. Ja nyt mäki, ei tytöstä enää näyttänyt mäeltä ollenkaan.

— Ethän sinä mikään mäki ollutkaan, Heini totesi pettyneenä.

— Kröhöm! Osaatko vielä ajaa polkupyörällä? Oletkos jo oppinut liikennesäännöt? kuului silloin jostain.

— Kukas sinä olet? Heini kysyi ja tuijotti alas jalkoihinsa, ääni kun tuntui tulevan siltä suunnalta.

— Sehän olen vain minä, Se Kohta Tiestä Joka Ennen Oli Mäki, ääni sanoi. — Minua laskemalla opit ajamaa polkupyörää ilman apupyöriä. Muistatko?

— Muistanpa hyvinkin! Törmäsin aina siihen keskellä tietä olleeseen kiveen. Kaaduin monesti ja loukkasin itseni, Heini vastasi sellaisella äänellä kuin olisi juuri vastikään satuttanut polvensa.

— Oho, olen pahoillani. Sellaista se opettelu on, entinen mäkikohta tiestä sanoi.

Äkkiä tie Heinin jalkojen alla hytkähteli. Ihan kuin se olisi nauranut jollekin.

— Mikä sinun nyt on, nauratko sille kun minuun sattui? Heini kysyi ja alkoi suuttua.

— Anteeksi. En minä sille nauranut. Muistin vain juuri, kuinka sinä kerta toisensa jälkeen nousit pyörän kanssa päälleni. Vannoit, että vielä sinä pysyt pystyssä. Ylöspäin kavutessasi hoit aina, ettet anna periksi typerälle pyörälle, et! — Minä muistan, entinen mäkikohta tiestä sanoi ja hytkähti taas. Nyt jo niin, että läheisen hongan oksilta tipahteli lumipaakkuja alas.

— Lopettaisit jo, Heini sanoi harmistuneena.

— Sitten kiipesit taas kerran ylös ja hoit, ettet törmää kiveen, pysyt pystyssä. Otit tavallista

kovemman vauhdin juosten ja hyppäsit satu-
laan. Aloit polkea aivan vimmatusti. Niin suhah-
dit kiven ohi ja poljit pitkälle tietä myöten.

— Niinkö? Sitä en muistanutkaan, tyttö sanoi.

Heini kääntyi ja lähti kulkemaan kohti kotia.
Tyttö muisti nyt, että äiti oli kehunut Heiniä, jo
niin isoksi tytöksi, ennen joulua. Sanonut:

— Sitten ensi syksynä kun menet kouluun,
sinulla ei varmaan tule olemaan kovin pitkä
koulumatka.

Punainen pulkka poukkoili narunpäässä tytön
jäljessä, tehden uraa vastasataneeseen lumeen
tytön kengänjälkien päälle. Lumihiutaleet leijai-
livat isoina ja hitaina entisen mäkikohdan päälle
Niementiessä, sen ainoan katulyhtypylvään va-
lossa.

Järvi

Eräänä maaliskuun aamuna isä sanoi Heinille:

— Tänään mennään pilkille.

Heini puki ylleen monta vaatekertaa. Laittoi päähänsä lentäjänlakilta näyttävän karvahattunsa. Tyttö otti myös aurinkolasit silmilleen, jotta lumi ei häikäisisi.

Isä kulki edellä ja Heini jalanjäljissä. Jäälakeuden kova hangenpinta ei upottanut edes isää. Sitten pysähdyttiin. Kairattiin reikiä paksuun jäähän, aina kymmenen metrin välein. Istuttiin onkipakeille ja alettiin pilkkiä.

Heini oli aina pitänyt pilkkimisestä. Siitä, miten lyhyttä pilkkionkea nykäistiin tasaisin väliajoin; juuri sillä oikeanlaisella ranneliikkeellä jota isäkin oli kehunut. Paitsi jos ahvenia ei alkanut tulla, silloin pilkkiminen kyllä tuntui vähän pitkästyttävältä. Toisaalta, ahvenillehan se kyllä oli parempi.

Jäälakeudella vallitsi sama rauha, kuin kesäöisellä järvellä. Silloin kun järven peilityyntä pintaa eivät rikkoneet aallot; kun oli niin myöhä vielä että yötuulikin nukkui. Silloin oli vain kuun- ja tähtienvalo, hiljaisuus ja he isän kanssa palaamassa kalalta tai ravustamasta. Vaikka järvellä oltaisiin oltu miten kaukana kotirannasta tahansa, Heini tunsi siellä aina syvää rauhaa sisällään. Se oli kummallista.

Illalla, ahvenkeiton syömisen jälkeen Heinistä alkoi tuntua, että hänen täytyisi mennä käymään rannassa. Tyttö puki päälleen ja livahti ovesta.

Heini kahlasi vastasataneessa lumessa rantaan, potki sitä pois laiturilta. Jäi siihen seisomaan ja katselemaan hämärtyvälle jäälakeudelle, joka veti häntä tänään oudosti puoleensa.

Tytölle tuli olo, että olisi sanottava järvelle jotain:

— Anteeksi kun otimme sinun ahvenesi. Äiti teki niistä meille keittoa jota syödä. Meillä ei ole niin paljon rahaa, että voisimme aina ostaa ruuan kaupasta, Heini sanoi.

Tuuli hulmahteli ja kieppui rannassa. Nosti höyhenlunta kohti korkeuksia. Äkkiä tyttö oli kuulevinaan äänen, mutta oli kuin tuo ääni olisi tullut hänen sisältään:

— Ei se mitään tyttö. Jumala on antanut ahvenet ihmisille veden viljaksi. Älä suotta ole pahoillasi.

Heini ymmärsi, että itse Järvi oli puhunut hänelle.

Vastarannantiellä ajoi auto. Sen näki tasaisesti etenevistä valoista. Kun katsoi yli Vastarannantien, kajastivat siellä kauppalan laajat valot. Joutuisikohan hän tosiaan muuttamaan sinne? Miten hän osaisi ikinä asua muualla?

Heini kääntyi ja lähti kohti taloa. Pysähtyi polun puolivälissä ja katsoi taakseen jo pimentyneelle jäälakeudelle. Äkkiä tuuli tuntui kieppuvan tytön ympärillä kuin hyväilevä käsi.

— Muista tyttö. Tänne voit aina palata. Sinun tarvitsee vain sulkea silmäsi ja lähteä mielesi poluille, sieltä löydät varmasti aina yhden niemen poluista. Kulje sitä sitten kunnes saavut tänne. Voit tehdä niin koska tahansa, Heini kuuli sisältään.

Hyvä on, tyttö ajatteli. Kuivasi poskelleen karanneen kyyneleen ja hymyilikin hiukan sisälle mennessään.

Pihapolku

Jo aikaa sitten olivat salmen mustavalkoiset reimarit vapautuneet jäästä. Lokit olivat palanneet. Päivät pitkät linnut kaartelivat rannoilla ja pitivät kirkuvaa konserttiaan luodoilla, itserakkaasti omaa nimeään huudellen: Tiira! Tiira! Tiira!

Heini asteli pihapolulla. Polku kulki talon viertä ja vietti alas kohti rantaa. Sen paljosta käytöstä kovaksi tallautunut ruskea tasainen pinta, tuntui mukavan lämpöiseltä Heinin paljaita jalkapohjia vasten. Sitten tyttö laittoi kengät takaisin jalkaan, kun muisti ettei vielä ollut ihan kesä. Polun varrella timoteit odottivat silitystä. teki niille mieliksi.

— Taasko olet menossa rantaan yksin! kuului ääni silloin sanovan jostain. Heini seisahtui siihen paikkaan. Katseli ympärilleen ja kysyi sitten:

— Kuka puhuu, en näe ketään?

— Minä se puhuin. Väitätkö ettet muista minua enää? sama ääni sanoi ja kuulosti nyt loukkaantuneelta.

— En tarkoita loukata, mutta minä vain en näe ketään. Missä olet?

— Tässähän minä olen, allasi, olen Pihapolku. Ei ole kuin muutama vuosi siitä kun konttasit minua sukkahousut makkaralla. Ja mikä työ sinussa olikaan tyttö, huh.

— Kuinka niin? Itse minä kai omilla polvillani konttasin, tyttö sanoi kipakasti.

— Konttasit, konttasit totisesti, polku sanoi ja nauroi niin että maa tytön jalkojen alla tärähti.

— Mutta minä kun nyt sattumalta satun viettämään alas kohti rantaa. Oli aina keksittävä jos jonkinlaista joka kerta kun kaadoit vaunusi, että sinut sai järven sijasta lähtemään kohti taloa.

— Oho, tosiaanko?

— Kyllä, me kaikki, koko takapiha olimme valmiina heti kun aloit heijata vaunujasi. Äitisi näki painajaisia että joudut veteen, polku huokaisi.

— Voi olen pahoillani, että minusta on ollut niin paljon vaivaa, Heini sanoi.

— Laitoimme polun poikki kulkemaan muurahaisia tai sen yli lentämään perhosia, että unohtaisit järven. Kerran olit päässyt jo alarantaan, mutta sitten tajusimme laittaa jäniksenpoikasen tulemaan eteesi ja konttasit sitä kiinni kotipihaan asti.

— Sen minäkin muistan. Pihassa se antoi minun silittää itseään, Heini sanoi yllättyneenä. — Voi kiitos teille kaikille vaivannäöstä.

— Takapihan Vanha Päärynäpuu takoi miltei oksansa poikki ikkunaan, että ihmiset osaisivat tulla noutamaan sinua. No olet jo kasvanut, onneksi kauaa ei äitisi enää tarvis olla huolissaan järvestä, polku huokaisi.

— Niin, minä olen aina ollut vilkas, Heini huokaisi myös.

— Joko olet oppinut uimaan tyttö? polku kysyi tiukasti.

— Johan minä viime kesänä koiraa osasin. Ja ole huoleti, en minä nyt uimaan ole edes menossa, Heini sanoi.

— Hyvä on sitten, polku sanoi ja vaikeni.

Lauantai-illan Polku

Eräänä päivänä tyttö kävi katsomassa, niemen toisella puolella, vieläkö suurella järvenselällä näkyi yhtään jäätä. Rantapolulta oli kaunis maisema järvelle. Kulkiessaan polkua tyttö tuli äkkiä kovin iloiseksi, alkoi rallatella ääneen.

— Trallalei, laula vain tyttö ja kulje minua iloisena, kuului silloin Heinin jalkojen alta.

Heini pysähtyi ja kysyi:

— Kukas polku sinä olet?

— Minä olen Lauantai-illan Polku ja olen aina hyvin iloinen.

— Vai niin, Heini sanoi.

— Niin, minua myöten tukkijätkät kesälauantaisin lähtivät tansseihin. Joskus he tulivat tänne astelemaan minua pitkin tyttöjen kanssa, kaunista maisemaa katselemaan, polku sanoi.

— Sitten he suutelivat, Heini sanoi.

— Mistä sinä sen tiedät? polku kysyi hämmästyneenä.

— Aina jossain vaiheessa kaunista maisemaa suudellaan. Niin tehdään elokuvissakin, Heini totesi tietäväisesti.

— Totta. Olen nähnyt monta suudelmaa ja kuullut myös monta valaa, Lauantai-illan Polku sanoi.

— Valat pettävät joskus, aika useinkin, mutta ei aina, Heini totesi.

— Sekin on totta, polku huokaisi.

Hetkeen ei kumpikaan sanonut mitään.

— Kuule, voisitkohan tehdä minulle erään palveluksen? polku sitten arasti ehdotti.

— Minkä?

— Olen nähnyt monta suudelmaa, mutta minulle ei ole kukaan sellaista antanut. Voisitko sinä antaa minulle suudelman?

— Totta kai. Minä olen varsin tottunut suukottelija. Olen suukotellut äitiä, isää, meidän uutta kissaa Söpöä ja joskus jopa eräitä puita, tyttö sanoi.

Tyttö antoi polulle oikein mojovan suukon.

— Se tuntui mukavalta, kiitos. Kuule, vannotaanko vielä vala, sellainen joka pitää, polku peräsi.

— Vannotaan vain. Minkälainen? Heini kysyi.

— Sellainen, että jos joskus pidät oikein paljon jostain, tulette tänne astelemaan minua pitkin. Aina ennen kun jätkät kävelivät täällä tyttöjen kanssa, tuntui minusta kuin itsekin olisin hiukan rakastanut ja saanut rakkautta, Lauantai-illan Polku sanoi.

— Sovittu, Heini lupasi.

Vasta pois kävellessään tyttö huomasi ajattelevansa ensi kerran, että hänestäkin tulisi joskus isompi. Aikuinenkin joskus.

Hautapaasi

Eräänä alkukevään päivänä Heini löysi niityn, jonka reunoilla kasvoi paljon leppiä. Keskellä niittyä oli miltei heinän sekaan peittyneenä iso kivi. Heini kiipesi sen päälle istumaan, heilutteli siinä jalkojaan.

Äkkiä tyttö kuuli, kuinka Leppäkuoro alkoi hyräillä surumielistä sävelmää ja alkoi itsekin hyräillä mukana.

— Nouse heti pois päältäni! kuului silloin kiukkuisesti.

Heini pomppasi heti heinikkoon ja sanoi:

— Voi anteeksi. Olinko liian painava? Olithan se sinä joka puhui kivi?

— Olinpa hyvinkin. Enkä mikä tahansa kivi olekaan. Enkä minä siksi sanonut, että olisit painanut liikaa, vaan siksi että minä olen Hautapaasi. Eikä ole soveliasta makailla Hautapaaden päällä, sen alla kylläkin, kivi sanoi.

— Oho!

— Niin, minä olen pelkkä luonnonkivi, tiedän. Eikä sellainen useinkaan pääse hautakiveksi. Siksi olenkin vähän tarkka arvostani.

— Ai, mitä sinun allasi sitten on, jos ei tällainen pieni tyttö saa pälläsi hiukan levähtää? Heini kysyi pikkuisen haastavasti.

— Olen merkkinä jalon eläimen, Riku-koiran, viimeisestä lepopaikasta.

— Riku-koiran?

— Hän oli teidän sekarotuinen koiranne. Hän joka kuoli sairauteen seitsemänkymmenenseitsemän koiranvuoden ikäisenä.

— En tiennytkään sellaista, Heini hämmästyi.

— Etpä tietenkään, kun et ollut vielä silloin syntynytkään.

— Niinkö?

— Niin. Muistan kuinka äitisi tuli tänne suremaan uskollista koiraanne. Haudalla hän vannoi, että uutta koiraa ei teille otettaisi. Lähtiessään äitisi kuitenkin vielä sanoi, isoa vatsaansa silitellen:

— Paitsi jos tämä lapsi joka on vatsassani, haluaa joskus oman koiran. Voisinko sitä koskaan häneltä kieltää?

— Vauva äidin vatsassa olin minä! Heini huudahti.

— Sitten äitisi kyyneltensäkin läpi hiukan hymyili, kivi sanoi.

— Ahaa, Heini sanoi.

Hetken kuluttua Heini heilautti kivelle kättään ja lähti. Tyttö kulki ajatuksissaan pois polkua, jonka multa oli erityisen mustaa. Hänen alkoi kovasti tehdä mieli koiranpentua. Millähän verukkeella äidin oikein saisi sellaisen hankkimaan?

— Öhöm. Luulenpa että olen antanut hänelle ajatuksen josta on vielä paljon iloa, mutta jonkin verran myös surua. Sen verran, että kumpikin elämässä näkyy. Sillä eihän elämä muuten ole elämää edes, kivi lopetti.

Vasta kun tyttö oli hävinnyt näkyvistä Hautapaasi muisti, että tytön pitäisi mennä tapaamaan Valkoista Kummelia. Kaikki niemen olennot tiesivät sen.

Vanha Päärynäpuu

Tuona päivänä ilmassa tuntuivat voimakkaina kevään tuoksut. Heini oli käynyt viemässä maitolautasen siileille, lupiinipuskien alle maakellarin kupeeseen, vaikkei niitä vielä ollut näkynytkään.

Tyttö kulki ajatuksissaan takapihalle. Käveli halki Viinimarjapensaslehdon, jossa usein leikki nukeilla. Saapui kasvimaan laidalle, missä Vanha Päärynäpuu huojutteli oksiaan tuulessa.

Tyttö istui puun alle ja nojasi selkänsä sen tuttuun runkoon. Tuuli suhisutti jännästi sen suippoja lehtiä ja aurinko paistoi. Oli lämmintä ja rauhallista. Tyttö tunsi kuinka häntä alkoi väsyttää. Äkkiä puun lehdet kahahtivat uudella tavalla. Aivan kuin se olisi ollut jostain salaa tyytyväinen.

— Muistatko vielä kuinka vauvana nukuit varjossani? Vanha Päärynäpuu kysyi.

— Muistan minä, Heini vastasi.

— Ihmiset olivat oikeassa sanoessaan, ettei päärynäpuu näillä leveysasteilla menesty. Omat hedelmäni jäivätkin aina kitukasvuisiksi, mutta olit sentään sinä, Heini, minun pullein päärynäni. Sinua olen tarinoillani kypsyttänyt, Vanha Päärynäpuu sanoi.

— Yksi asia minua vaivaa, mutta sille ei enää voi mitään, Heini sanoi äkkiä murheellisena.

— Vaikka olenkin jo sisältäni laho, enkä enää kestä tulevan talven lumia, olen sentään Vanha Päärynäpuu. Kerro!

— En minä ilkeyttäni ollut antamatta vauvanvaunujani naapurin äidille vaikken itse niitä enää tarvinnut. Ne vain olivat minulle niin rakkaat, Heini sanoi surullisena.

— No, minä voisin vaikka lähettää naapurin äidille unen jossa sinä selität asian. Haluaisitko niin? Vanha Päärynäpuu kysyi.

— Voi kyllä, kiltti rakas Vanha Päärynäpuu!

— No, selitä sitten. Tämä on nimittäin se uni.

— Oho!

Niin Heini selitti naapurin äidille miksi oli pitänyt eteisessä vaunuista kaksinkäsin kiinni, eikä ollut hellittänyt, kun naapuritalon äiti oli tullut luvattuja vaunuja noutamaan. Lopulta ei Heinin äiti ollut voinut muuta kuin kohauttaa hartioitaan: minkäs lapselle voi. Heini pyysi myös anteeksi itsekkyyttään.

— No niin. Nyt sinä voit herätä tyttö, sillä kohta tulee sade, päärynäpuu sanoi.

— Muistatko sinä vielä kuinka opin kaatamaan vaununi heijaamalla? Heini kysyi nauraen.

— Muistan tosiaan, Vanha Päärynäpuu vastasi ja sen lehdet havahtelivat nyt kuin sekin olisi nauranut.

— Muistan kuinka kerroit minulle tarinan niemestä joka päivä, jotta olisin paremmin nukahtanut vaunuihini. Etkö voisi kertoa minulle vielä yhtä tarinaa, vaikka maakellarin kupeella asuvista siileistä tai mistä tahansa?

— Tyttö kulta, nyt ei enää ole minun tarinoideni aika.

— Mutta, yritti tyttö.

Juuri silloin puun lehdet havahtivat pitkään ja nautinnollisesti, kuin haukotuksessa ja pian puu oli vaipunut rauhalliseen uneen. Eikä sekään muistanut kertoa tytölle, että sen pitäisi ehdottomasti mennä tapaamaan Valkoista Kummelia.

Pilvi meni auringon eteen ja tyttö heräsi unestaan puun alta.

Valkoinen Kummeli

Eräänä päivänä Heini päätti yrittää, joko pääsisi jalkojaan kastelematta aivan niemen äärimmäiseen kärkeen. Se jos mikä olisi kesän alkamisen merkki.

Aiheuttikohan Kosken Pyörteinen Kansa vielä kummelille hankaluuksia, kuten ennen. Koskessa syntyneet äkäiset pyörteet väittivät, että kummeli on pelkkä vanha pölyinen kivikasa, jolla ei ollut enää viisautta tahi voimaa. Vaikka Kosken Kansakin hyvin tiesi, että Valkoisella Kummelilla oli suuri valta niemessä.

Entä jos kummeli jonain pimeänä myrskyyönä, nostaisi kaikki aikojen kuluessa pohjaan painuneet uppotukit ylös? Jos jotkut niistä olisivat oikein lujasti kiinni pohjamudassa, voisivat Haukipartiot vetää ne irti ahvenruohoköysillään. Sitten kummeli antaisi käskyn, että kaikki tukit syöksyisivät yhtenä rynnäkkönä koskeen ja se patoutuisi. Sitten ei enää olisi Kosken Pyörteistä Kansaa!

Kummeli seisoi tutulla paikallaan niemennokassa. Sitä ympäröivät rannan sementtitolpat. Aikoinaan oli sementtitolppiin sidottu tukkilauttoja vaijereilla. Nyt niiden ainoa työ oli jo kauan ollut vartioida kummelin, niemen viisaan, rauhaa.

Sementtitolppien kyljissä roikkuvat ruostuneet rautarenkaat, näyttivät tytöstä tänään kuin isoilta hämmästykseen auenneilta suilta. Tyttö meni kummelin viereen. Laittoi kätensä sen ympärille.

— Onko Kosken Kansasta ollut ongelmia? Heini kysyi.

Kummelin silmät ja suu avautuivat hitaasti:

— Kosken Kansasta ei enää tarvis huolia. Mutta sinähän tiedät Heini, että tänä vuonna sinä täytät seitsemän.

— Mitä sitten? Heini kysyi.

— Tyttöseni, tyttöseni, meidän tulee olla kiitollisia pannukakusta ja vattuhillosta, mutta mikään ei kestä loputtomiin, kummeli sanoi ja yski kalkinpölyä kurkustaan.

— Minä en halua kouluun! Enkä halua muuttaa! Heini sanoi vihaisesti.

— Ei kai kukaan haluaisi muuttaa tällaisesta niemestä. Mutta tulee jokaiselle aika, että on lähdettävä tutusta paikasta, kummeli sanoi.

— Niin kai, Heini sanoi apeana. — Mutta kun minä en enää asu niemessä, katoatteko te kaikki jotka olen täällä ollessani oppinut tuntemaan?

— Häviämme kuin usva järven päältä, mutta älä sure tyttö, tilallemme kasvaa jotain uutta, kummeli sanoi rauhallisesti.

Sitten se taas yski kalkinpölyä kurkustaan, vaikkei sitä enää oltu joka kevät kalkittukaan, kuten silloin kun se vielä oli ollut oikea virallinen reittikummeli.

Heini nojasi kummelin kiviseen vatsaan silmät kiinni ja puristi sitä itseään vasten. Valkoinen Kummeli oli kuitenkin vaiennut, eikä se ole puhunut sen jälkeen, kuin vasta hyvin pitkän ajan kuluttua.